LA PROPRIÉTÉ LITTÉRAIRE

N'EST PAS

UNE PROPRIÉTÉ

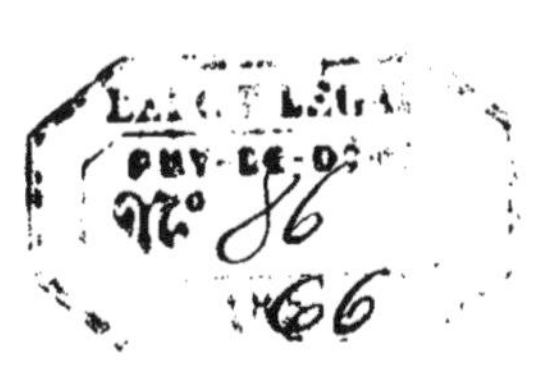

LA
PROPRIÉTÉ LITTÉRAIRE
N'EST PAS
UNE PROPRIÉTÉ

PRODUCTION INTELLECTUELLE. — ÉCHANGE. — PERPÉTUITÉ.

Prix : un franc.

PARIS
E. DENTU, LIBRAIRE-ÉDITEUR
PALAIS-ROYAL, 13 ET 17, GALERIE D'ORLÉANS

1866

I.

Les partisans quand même de l'application aux œuvres de l'intelligence, du droit absolu de propriété, viennent d'essuyer un échec législatif dont la portée est significative, et qu'ils doivent considérer comme une leçon pour le passé et un avertissement pour l'avenir.

La loi nouvelle (1) semble, il est vrai, faire un pas en avant, en prorogeant à cinquante années le délai de jouissance concédé aux héritiers de l'auteur ; mais c'est là une faveur de bon plaisir, que l'Etat accorde à des réclamations impatientes, tout en atermoyant indéfiniment une déclaration de principe, qui seule assurerait à la loi un caractère de parfaite immutabilité et donnerait aux intérêts des écrivains une satisfaction complète et définitive.

(1) Projet de loi discuté au Corps législatif dans les séances des 1er au 6 juin. — Art. 1er, voté : « La durée des *droits accordés* par les lois antérieures aux héritiers, successeurs irréguliers, donataires ou légataires des auteurs, compositeurs ou artistes, est portée à cinquante ans à partir du décès de l'auteur, etc. »

Pour éviter même toute méprise à ce sujet, le rapporteur de la loi s'est empressé d'en signaler le sens restrictif :

« Il n'y a pas lieu, dit-il, de changer le caractère tem-
» poraire que les lois impriment à la concession que l'Etat
» fait aux familles des auteurs, aux dépens de la liberté
» publique. »

Ainsi, il n'est plus possible d'équivoquer sur les mots. On ne pourra désormais inscrire dans notre législation les droits des écrivains au titre de la propriété ; ils sont rangés à jamais dans la classe des munificences administratives à l'article *bienfaisance* ou *assistance publique.*

Qui oserait cependant s'en plaindre, quand on ne pourrait le faire, nous dit-on, sans porter atteinte à la liberté : envisagée ainsi, la question de principe me semble loin de recevoir une solution, et l'on a pu dire avec raison : le provisoire s'éternise.

Mais à qui la faute ? il est temps enfin de se le demander ; il est temps de déclarer hautement que les partisans obstinés de la propriété absolue, doivent s'imputer à eux seuls la responsabilité de ce retard apporté à la consécration de la perpétuité des droits intellectuels, réclamée par la justice et commandée par l'humanité.

Cette spirituelle entrée en matière de M. Marie, critiquant le projet : « *Je n'attaque pas le projet de loi pour ce qu'il dit, je l'attaque pour ce qu'il ne dit pas,* » fait heureusement ressortir le reproche sérieux et légitime que l'on peut adresser à la loi nouvelle ; elle ne repose sur aucun principe juridique fondamental. Mais soyons justes ; à quel principe la rattacher ? Là était, on en conviendra, pour l'auteur du projet, la difficulté grande en présence d'une obstination persistante et irritante, à vouloir lui imposer bon gré mal gré le principe absolu de propriété, qui répugne manifestement aux précédents, à l'esprit et aux tendances de notre législation.

Il faut bien en effet le constater, cette répulsion de nos assemblées législatives à reconnaître un droit de propriété au profit des écrivains, n'est pas nouvelle dans l'histoire parlementaire : le législateur de 1793, offusqué du nom de privilége qui froissait ses idées égalitaires, a laissé, il est vrai, pénétrer dans la loi la dénomination de ***propriété artistique et littéraire***, dont on a tant abusé depuis; mais il n'en fixa pas moins les droits des héritiers à une simple jouissance de dix années; plus tard, le décret du 5 février 1810 étend, par grand effort, ce délai rigoureux, à sa vie durant pour la veuve de l'auteur, et à vingt années pour ses héritiers ou ayants-cause. La discussion fameuse de 1841, grosse d'audace et de beaux discours, avorte tristement : Les réclamations des écrivains deviennent de plus en plus vives, et cependant trois gouvernements avaient passé sans y avoir fait droit, quand la loi du 3 avril 1854 leur apporta enfin une mince satisfaction en ajoutant dix années de jouissance aux anciens délais; les congrès d'Anvers et de Bruxelles firent appel, en 1858 et en 1861, aux publicistes et aux légistes des deux mondes, et tout ce bruit aboutit à une nouvelle loi dilatoire, qui ne semble avoir porté la jouissance des ayants-droit de l'auteur à cinquante années, que pour assoupir un moment les bruyantes clameurs des perpétuistes. En 1862, un réveil actif de l'opinion en faveur des écrivains se produit en France; des commissions et des associations s'organisent, M. le ministre d'Etat Walewski présente à l'approbation du conseil d'Etat un projet de loi où l'application du principe absolu de propriété est proposée hardiment avec toutes ses conséquences. Le projet échoue ; et la loi nouvelle tente aujourd'hui de consoler les douleurs de cette défaite, en accordant aux écrivains Français le précieux avantage d'être aussi bien traités que les écrivains Belges.

Ainsi, à chaque page de ce *memorandum* des querelles de la propriété littéraire et artistique avec les lois de concession temporaire, on voit le législateur hésiter dans sa marche, tandis que la cohorte littéraire ne cesse de crier en avant !

Voilà le passé, voilà ses fruits : en s'engageant donc dans la même voie, on aboutira inévitablement à de nouvelles indécisions et l'on préparera pour un autre temps les mêmes doutes, les mêmes embarras, les mêmes luttes.

Si les conseils de l'expérience sont bons à prendre, c'est surtout, il me semble, en matière législative. Il faut donc tirer, des vicissitudes et des mécomptes que le principe absolu de propriété a éprouvés dans le passé, un utile enseignement pour l'avenir. Toute vérité précise et lumineuse est facilement acceptée, quoique l'on dise, par les traditionnalistes les plus circonspects ; elle frappe et pénètre avec l'évidence les esprits même prévenus ; les plus entêtés ne peuvent s'en défendre. Dans cette résistance opiniâtre de la législation aux réclamations des écrivains, il ne faut donc pas voir seulement la lutte jalouse d'un préjugé ou une hésitation devant le progrès, mais l'incertitude même ou l'impuissance du principe dont on prétend faire dépendre la solution impatiemment attendue.

La loi est faite, mais on ne saurait douter qu'elle restera entachée de temporanéité comme les droits qu'elle consacre ; elle tend à maintenir dans notre législation une disposition anormale, exceptionnelle, dont les inconvénients n'ont cessé depuis un demi-siècle d'être signalés ; elle se présente ainsi à l'opinion publique avec le caractère d'une loi d'expédient, en butte à d'imminentes attaques et frappée au cœur d'une inévitable instabilité.

On peut donc sans témérité rechercher les principes sur lesquels la législation, en cette matière, doit prendre, un jour ou l'autre, une assiette fixe et stable. On le doit d'autant plus que la loi nouvelle, en ne se rattachant à aucun principe de notre droit civil, a laissé le champ libre à toutes les appréciations.

J'accuse immédiatement et franchement le dernier mot de ma pensée sur ce sujet :

Je proscris de toutes mes forces, au nom du droit, de la raison, de l'expérience du passé et des intérêts même des écrivains, l'application du droit commun de propriété aux œuvres de l'intelligence. C'est, selon moi, aux principes économiques de la production et aux règles juridiques du contrat d'échange, que l'on doit emprunter la théorie légale des droits de l'écrivain, de l'artiste et de l'inventeur.

Mais je revendique au profit de l'auteur la perpétuité de ces droits ; toute délimitation me semblant irrationnelle, injuste et absolument incompatible avec les principes universels de la justice commutative.

II.

Ceci posé, jetons un coup-d'œil sur les divers systèmes aux prises dans le champ clos de la discussion : aussi bien le terme des dissidences passionnées et des polémiques ardentes n'est pas arrivé ; tandis que la discussion est ouverte au Corps législatif, les partis semblent se mesurer en silence dans l'attitude de deux camps ennemis regardant leurs chefs vider entre eux le différend, mais la paix n'est pas faite, et les hostilités reprendront bientôt. Préparons-nous donc à la lutte et donnons tous nos efforts pour saisir enfin dans la mêlée des systèmes contraires, le Protée insaisissable, une solution rationnelle, stable, satisfaisant à tous les intérêts.

La *perpétuité* et la *temporanéité* sont les deux extrêmes de la difficulté.

La temporanéité a pour elle les droits de l'ancienneté.

Le *privilège royal* a été la première réglementation des droits des auteurs et le premier mode de la temporanéité. Grâce au langage clair et précis du 17e siècle, jamais dénomination légale n'a mieux désigné son objet ; ce mot de privilége marquait nettement l'exclusion du droit de propriété pour l'auteur, l'appropriation de l'Etat et l'abandon que le bon plaisir du Roi faisait pour un temps de la jouissance de l'œuvre à l'éditeur, plutôt qu'à l'auteur lui-même ; ce mot prévenait donc toute équivoque et satisfaisait alors des écrivains qui portaient haut la noblesse de l'esprit et de l'intelligence : Lafontaine, Molière et Pascal ont vécu sous ce régime là.

Depuis, la temporanéité s'est fixée dans la loi sous une dénomination inexacte, et des prétentions nouvelles ont surgi. Le délai de jouissance a été successivement porté de 10 à 20 ans, de 20 à 50. Il sera peut-être encore étendu.

Mais, si l'on juge de l'utilité des lois à la façon dont un pays les accepte, et si l'on doit considérer celles qui sont sans cesse l'objet de la critique et des réclamations des intéressés, comme n'étant plus en harmonie avec les besoins et les aspirations de leur temps, il n'est pas téméraire d'affirmer que c'en est fait de la temporanéité.

Après les tentatives multipliées, vainement essayées par nos légistes pour la fixation d'un délai de jouissance indiscutable, normal et définitif ; après tant de prorogations de délais successivement accordées et généralement mal accueillies, une loi qui n'apportera pas d'autres avantages aux écrivains, blessera inutilement l'opinion publique par son insuffisance ; elle sera un échec pour les uns, et ne sera pas une satisfaction pour les autres. Quelque opinion que l'on ait sur la question des droits intellectuels, on marche à la perpétuité, serait-ce même par la progression croissante de la délimitation.

Les tendances de notre époque sont au surplus tournées vers l'égalité et l'unité législatives, et chaque droit y a sa place marquée sous le palladium commun de la loi ; aussi le sentiment de la justice répugne-t-il, on ne saurait le méconnaître, à voir l'Etat retirer arbitrairement, après un temps, des mains de l'héritier de l'auteur, les droits résultant de la production intellectuelle, alors que selon un principe constant dans notre système successoral, tous les héritiers en ligne directe ont à l'infini les mêmes droits, si bien que l'on comprendrait plutôt la suppression immédiate de ces droits au décès de l'auteur, que cette suppression entre les mains d'un héritier au détriment des autres.

L'opinion publique a fait son œuvre en s'insurgeant contre cet arbitraire, et la perpétuité des droits de la production intellectuelle étant aujourd'hui un vœu général, deviendra, tôt ou tard, un droit acquis.

Entre les extrêmes de la délimitation facultative et de la perpétuité, se placent encore différents systèmes dont les divergences partent cependant d'un centre commun : le principe général de la propriété.

D'une part, les partisans de l'assimilation de la propriété intellectuelle à la propriété de droit commun, veulent créer au profit des héritiers de l'auteur un monopole perpétuel sur ses œuvres ; peu leur importe l'abus que les héritiers pourront faire de l'œuvre : sa destruction par caprice ou par calcul, son oubli par négligence ; tel est du moins le système exposé par les rédacteurs des déclarations du comité de l'association pour la défense de la propriété littéraire ; ils restent, on le voit, conséquents avec leur principe ; mais leur système est dangereux, il faut le reconnaître, pour l'intérêt moral de la société.

D'autres sont amenés par l'appréhension des dangers auxquels l'œuvre est exposée entre les mains de l'héritier, à un système protectionniste ; l'abus, la suppression ou le non usage les effraient, et ils appellent à leur aide, pour en prévenir les conséquences, l'expropriation, remède pire que le mal, source inévitable d'abus plus redoutables encore pour l'intérêt public que l'arbitraire de l'auteur ou de ses représentants.

Enfin une troisième école, qui a pour fondateur Victor Hugo et M. Hetzel pour prophète, veut instituer au profit des héritiers de l'auteur, ce qu'elle appelle le *Domaine public payant.*

Ce système, fort ingénieux dans sa conception, et moins difficile à mettre en pratique qu'on affecte de le croire, a été l'objet d'une tentative d'exécution dans le projet de loi présenté en 1863 au Conseil d'Etat par M. Walewski (1).

(1) Projet de loi présenté au conseil d'Etat, le 14 avril 1863, par M. Walewski.

Art. 1er. — La propriété littéraire et artistique est le droit pour les auteurs, compositeurs et artistes ou leurs ayants-cause, de disposer et d'user à perpétuité de leurs œuvres, conformément aux distinctions établies dans les articles suivants.

Elle s'acquiert et se transmet par les manières énoncées dans les articles 711 et 712 du Code Napoléon.

. . . .

Art. 3. — A la mort de l'auteur, son droit est dévolu à ses héritiers, à son conjoint ou à ses légataires, conformément aux règles du droit civil.

La durée des droits des héritiers, du conjoint ou des légataires est fixée à cinquante ans à compter du décès de l'auteur.

La même durée est assurée aux droits que l'auteur a pu conférer de son vivant à des donataires ou cessionnaires.

Art. 4. — A l'expiration de la période de cinquante ans fixée par l'article précédent, toute personne peut publier, reproduire, faire reproduire, exposer ou faire représenter les œuvres d'un auteur, d'un compositeur ou d'un artiste, à la charge de payer à ses ayants-cause une redevance prélevée sur le produit des publications ou reproductions, sous quelque forme et par quelque procédé qu'elles aient lieu.

L'idée de l'appropriation de l'œuvre au domaine public après un certain temps et celle de la rémunération successive et perpétuelle sont mises en lumière dans ce projet de la façon la plus heureuse, et certes on doit vivement regretter que la plupart de ses dispositions ne se soient pas inscrites dans notre législation, après avoir passé par l'étamine de la discussion publique et l'expérience de l'application ; mais cette loi péchait dans son principe et devenait encore irritante et jalouse, en ce qu'elle voulait se garer de ses propres conséquences en se mettant sous la protection du droit d'expropriation, fâcheux corollaire du droit de propriété.

Ainsi, d'un côté ou de l'autre, en faisant dépendre la réglementation des droits de l'écrivain d'un principe autoritaire et absolutiste, on s'est exposé à léser des intérêts respectables et à offenser de justes susceptibilités, tandis que l'œuvre de réforme appelée de toutes parts doit puiser sa force et sa vitalité dans la liberté, d'où seule émane toute institution bienfaisante et immuable.

Enfin il est douloureux pour ceux qui laissent de côté l'intérêt personnel et revendiquent les droits de la production intellectuelle au nom des seuls principes de la justice, de voir la propriété industrielle mise hors de cause par les écrivains dans leurs réclamations, comme si elle ne devait pas être marquée du même signe de délivrance dans cette glorieuse croisade entreprise par notre époque pour l'émancipation des droits de l'intelligence.

Je ne pense pas à ce sujet, comme M. le Sénateur Bonjean, que les écrivains soient traités en *enfants gâtés*, mais je ne voudrais pas que l'on traitât autrement qu'eux les inventeurs : Vous signalez cette injuste différence, que n'en demandez-vous la réparation ?

Les écrivains semblent même éviter toute assimilation entre eux et les inventeurs, comme fatale à l'application, à leur profit, du droit commun de propriété. Pourquoi ces craintes et ces méfiances? pourquoi cette anomalie légale? Quel esprit sincère et désintéressé hésiterait à reconnaître que les créations de notre esprit, littéraires, artistiques ou industrielles ont une même origine? Toutes les œuvres de l'intelligence, nées dans le domaine immatériel pour le bien de la société, ne sont-elles pas en effet des sœurs jumelles écloses ensemble du même cerveau de Jupiter, le génie humain! L'avenir leur prépare une situation égale; appuyées l'une sur l'autre, elles trouveront dans cette association la garantie, la force et le fondement de leurs droits.

Bien plus, c'est par l'examen comparatif des productions morales et des productions matérielles, que l'on pourrait le mieux étudier l'antagonisme inévitable des droits personnels de l'auteur et de l'inventeur, avec les droits de la société. Ainsi l'on trouverait plus sûrement une transaction de nature à donner aux uns et aux autres une légitime satisfaction.

Priver la société d'une invention utile, nécessaire, la vapeur, par exemple, révolte notre esprit, lui fait repousser toute idée de propriété absolue, abusive, de monopole en un mot, au profit du savant ou de l'inventeur : Toute assimilation à ce point de vue entre l'inventeur et l'auteur, ferait donc tomber en confusion les partisans les plus déterminés de la propriété littéraire.

Oseraient-ils nier cependant que cette assimilation ne soit dans la nature même des choses? Que l'écrivain puisant au domaine de l'idée, en retire une œuvre utile et féconde pour l'éducation morale de l'homme, ou que l'inventeur interroge et exploite la science pour réaliser une œuvre profitable à son bien-être et à ses intérêts matériels; n'est-ce pas toujours la même puissance, qui poursuit vers l'inconnu ses hardies investigations en s'efforçant d'y surprendre tout ce qui peut concourir au bonheur de l'humanité? n'est-ce pas le progrès? Publicistes, légistes et orateurs, songez-y bien: tous les droits sont sacrés, ceux-là sont solidaires, et vos doctrines seront mal accueillies jusqu'à ce que tous, ouvriers et inventeurs, comme artistes et écrivains y puissent enfin trouver la satisfaction de leurs légitimes espérances. Rassurez-nous, rassurez la conscience publique en donnant pour base à vos lois un principe vrai, uniforme, applicable à tous les intérêts; ne redoutez-pas sa généralisation, et alors la *perpétuité* des droits intellectuels, qui répugne encore à quelques esprits, sera acceptée par tous comme une vérité primordiale et universelle (1).

Les systèmes contraires ainsi mis en présence, et nos espérances signalées, passons à l'examen des principes et attaquons-nous tout d'abord au principe de la propriété.

(1) La question de la perpétuité des droits de l'inventeur a été plus d'une fois mise en avant; elle attend son heure pour se produire de nouveau.

III.

La *propriété littéraire est une propriété*, a dit Alphonse Karr, et cet aphorisme a fait fortune. Écrivains et journalistes l'ont acclamé, tous le répètent; M. Jules Simon n'hésite pas à le redire sérieusement à la Chambre. Les uns s'écrient : quelle pensée profonde; les autres, quelle ingénieuse solution d'une grave question! Arrière donc les récalcitrants, les entêtés, silence! pourquoi discuter désormais? La voilà enfin trouvée, l'*ultima ratio* des partisans de la propriété absolue, la légende à inscrire sur leur bannière, l'épigraphe officielle de leurs brochures.

Cette bruyante admiration ne rend vraiment pas une justice suffisante à M. Alphonse Karr; ses amis ne devaient-ils pas attendre la vérité inespérée du grand penseur, prodigue de découvertes heureuses, qui nous avait déjà donné une *poignée de vérités?*

Quant à moi, dussé-je faire entendre une fâcheuse dissonance dans l'harmonie parfaite de cet applaudissement universel, je n'ai jamais pu voir, je dois le dire en toute sincérité, dans l'apophthegme du spirituel écrivain, qu'un médiocre jeu de mots et une regrettable pétition de principes.

En France, il est vrai, le bon public se paie volontiers de mots; aussi là plus qu'ailleurs ils ont leur danger, on le sait et on en abuse. Les écrivains, arbitres du langage, ont fait passer la dénomination de *propriété littéraire* dans le vocabulaire des légistes et bientôt après ils l'ont travestie en argument au profit du système le plus accrédité parmi eux. L'éminent rapporteur du projet de loi de 1863 s'est heurté lui-même à cet écueil : «Voyez, dit-il, le mot de propriété » est universellement employé pour qualifier les rapports » de l'auteur avec son ouvrage ; il est écrit dans nos lois ; » on le retrouve dans les traités internationaux, dans les » livres des jurisconsultes, et dans le langage ordinaire » aucun autre ne serait compris. » Ainsi, cela est décidé, le mot règlera le droit.

Eh bien ! je le demande aux adhérents de la propriété de droit commun : que les partisans de la concession temporaire viennent affirmer avec la même insistance cette proposition insolite : « *la propriété littéraire n'est pas une propriété,* » les considéreront-ils pour cela comme dégagés de l'obligation d'en faire la preuve, si même ils en jugent la preuve admissible ? Laissons donc de côté toute cette terminologie et cherchons ailleurs nos arguments.

J'éviterai, chemin faisant, de tomber moi-même dans la faute que je reproche à mes adversaires, en employant, pour désigner les droits des écrivains, la dénomination de *droit de production ou d'échange intellectuel.* Elle correspond directement aux idées que j'exprime et me semble avoir le

mérite de se bien prêter à la généralisation, pouvant s'appliquer à toutes les conceptions de l'esprit humain.

Après l'argument de mots, celui qui se reproduit le plus souvent dans cette discussion et dont on abuse le plus, est l'argument tiré des considérations morales et humanitaires sur la situation des écrivains. Les œuvres de l'intelligence ne sont-elles pas, nous dit-on, un patrimoine sacré que l'auteur doive léguer à ses héritiers? Et ici se présente l'inévitable invocation au génie créateur des grands écrivains, et le tableau navrant de la misère des descendants de l'auteur, faisant ombre au spectacle de la brillante fortune du libraire, enrichi de leur dépouille.

Eh, quoi ! nous répète-t-on encore, Corneille, Lafontaine, Molière, ces sublimes initiateurs de la pensée humaine, qui ont édifié, par la seule puissance du génie, des œuvres immortelles, n'en seraient-il pas aussi bien propriétaires que le laboureur du champ fécondé de ses sueurs! L'ingratitude des siècles passés a pu méconnaître les hommes de génie, mais contester la propriété de l'écrivain sur son œuvre, c'est méconnaître le génie lui-même!

Cette argumentation sentimentale me touche peu, je le déclare : il faudrait en finir une bonne fois avec ces moyens d'une banalité naïve ; tous les écrivains, on ne le sait que trop, ne sont ni Corneille ni Molière, et c'est assez mal raisonner que de le faire sur des exceptions. Si les créations sublimes du génie, ou même les ingénieuses conceptions du talent devaient seules assurer aux auteurs un droit de propriété, combien, parmi ceux qui réclament le plus haut ces droits, devraient renoncer à l'espérance de devenir jamais propriétaires et seraient désintéressés dans la question! Débarrassez notre littérature contemporaine des imitations plus ou moins heureuses, des redites et des compilations, et comptez ensuite ce qu'il restera d'œuvres vraiment neuves et viriles, vivant d'elles-mêmes et se tenant debout par leurs propres forces! Bien peu d'écrivains de nos jours, si mince que soit leur bagage, pourraient dire encore avec la franche bonhomie de Musset :

Mon verre n'est pas grand, mais je bois dans mon verre.

Je fais cette observation préliminaire sans dépit et sans amertume, et je dis là ma pensée avec un entier désintéressement ; je ne suis ni auteur ni libraire. Mais j'accepterai volontiers le débat, en supposant même qu'il s'agisse de régler les droits de l'écrivain sur une de ces œuvres de génie dont l'humanité profite et s'honore également. Sur une telle œuvre, l'auteur pourra-t-il prétendre un droit de propriété absolu et exclusif? Voilà la question; je ne dissimule pas la force de l'objection avant d'y répondre.

Eh bien ! je n'hésite pas à l'affirmer, l'œuvre intellectuelle n'est dans aucun cas sujette à une appropriation privative ; l'écrivain ne peut jamais dire, d'une manière absolue, de son œuvre : ceci est ma chose, parce qu'il en prend toujours la matière première au fond commun des pensées et des connaissances générales.

Interrogeons le temps passé et demandons-lui si ses poètes, ses historiens, ses philosophes, dont les créations immortelles ont été, d'âge en âge, l'objet de l'incessante admiration des hommes, n'ont rien dû à leurs devanciers ! Interrogeons les écrivains eux-mêmes, et demandons-leur s'ils eussent volontiers déchiré les pages de ces œuvres de l'antiquité, où se sont trempées les forces de leur intelligence, où leur esprit s'est éclairé de la divine étincelle. Aussi loin que l'on remonte dans l'immense filiation des œuvres de l'intelligence humaine, tout s'y tient et tout s'y enchaîne; Dante s'inspire de Virgile et Virgile d'Homère. A Athènes, les écrivains du siècle de Périclès; à Rome, ceux du siècle d'Auguste; en France, les écrivains du XVIIe siècle, n'ont-ils pas eu dans le passé leurs admirations, leurs inspirations et leurs maîtres? Combien même n'ont-il pas dû à la belle langue de leur époque, qu'une longue suite de générations d'hommes semblait avoir formée pour eux, et dont ils entendaient chaque jour résonner à leur oreille la pure harmonie.

On objecte, il est vrai, Homère, comme le prototype de la création intellectuelle, émanant de sa seule inspiration, et M. Marie, répondant à ce mot de M. le sénateur Bonjean : *Virgile ne s'explique pas sans Homère*, s'écrie : « Mais comment à ce compte expliquer Homère ? Quel est » le créateur du génie d'Homère ? A qui doit-il ces chants » magnifiques qui brillent de tout leur éclat sur tant de » siècles que le temps a dévorés ! »

L'illustre orateur semble méconnaître que l'écrivain doit le fond de son œuvre, non-seulement à ce qui l'a précédé, mais encore à tout ce qui l'entoure; cela est vrai des plus grands écrivains; ils vivent et des souvenirs des siècles antérieurs et des connaissances acquises par leurs contemporains; et si grande que soit la puissance du génie d'Homère, on voit apparaître dans son œuvre même les causes et l'origine de ses inspirations. Ce serait, en effet, bien mal juger Homère, de ne voir en lui qu'un chantre harmonieux; il est avant tout, et c'est là sa plus grande gloire, la personnification même d'une époque. Il peint tour à tour les mœurs, les usages, les lois et la religion de son temps; nul ne doit plus que lui à la société où il a vécu; il est pour nous cette société même. Son œuvre est une vaste encyclopédie des connaissances, des sciences, des croyances, des idées de l'ancienne Grèce, à ce point que l'on a voulu y voir le travail d'un siècle entier, et le recueil des poëmes épars de tous les rapsodes ingénieux d'un même cycle littéraire. Sans doute l'unité de la forme et la beauté soutenue de ses chants a dû faire reconnaître, dans l'œuvre d'Homère, la puissante individualité du poète, mais il n'en est pas moins constant que nul n'a plus que lui glané dans les champs du passé, et puisé plus abondamment aux sources des idées ambiantes et des connaissances acquises de son temps. Que dire, si l'on peut affirmer cela d'une œuvre grandiose, divinisation même du génie humain, des écrivains des siècles suivants, qui sont venus abondamment puiser, à sa source féconde, leurs meilleures inspirations!

L'influence des littératures anciennes et des travaux de leurs contemporains sur les œuvres les plus admirables des écrivains, se manifeste encore dans cette double observation : Les plus puissantes œuvres émanent, le plus souvent, des écrivains qui ont fait les études les plus approfondies et les investigations les plus complètes des écrits de ceux qui les ont précédés; et, l'on doit aussi le remarquer, les siècles littéraires, au lieu de produire des écrivains isolés, ce qui serait à l'avantage de l'initiative individuelle, ont toujours présenté les hommes de génie en groupes, dans toutes les branches des connaissances humaines. Après eux, le silence se fait, l'esprit universel semble sommeiller un temps, puis le réveil apparaît et s'annonce aux chants de fête d'une nouvelle pléïade d'enfants de la gaie science.

Il n'entre certes pas dans ma pensée de nier que chaque œuvre de génie ne vienne ajouter un fleuron nouveau à cette couronne d'or de l'intelligence humaine, ouvrée par les siècles; mais, je le maintiens, l'écrivain livré à lui seul, réduit à ses propres forces, privé des enseignements du passé, des inspirations du présent, des aspirations de l'avenir, ne saurait atteindre aux mêmes grandeurs. Qu'il fasse croître, par les brillantes conceptions de son esprit, le fruit enchanté sur l'arbre de la science, d'accord; mais coupez l'arbre, et le fruit périra dans sa fleur. Où serait la moisson sans la glèbe!

Au point de vue métaphysique même, peut-on admettre que l'écrivain, en puisant ses inspirations au large fleuve de l'idée universelle, puisse être assuré d'en tirer une création nouvelle et ne vienne pas s'approprier une conception déjà formée et connue; la pensée qui me vient en ce moment, n'est-elle pas venue à l'esprit de tout autre, n'agite-t-elle pas instantanément une autre âme? Dans ce travail immense et incessant de l'intelligence humaine, plus fécond encore et plus multiple que la germination de la nature, dont le monde moral est animé, combien d'esprits sont tournés aux mêmes préoccupations! Le propre du génie n'est-il pas d'ailleurs de faire apparaître à chacun la pensée qui doit dominer dans sa sphère et lui convenir le mieux, se rendant ainsi l'interprète de la vie intellectuelle de l'humanité. Qui revendiquerait donc avec certitude une propriété exclusive et personnelle sur une conception de l'esprit, si ce n'est le premier homme formulant la première pensée, en admettant qu'il ne l'ait reçue d'un suprême inspirateur. D'homme à homme la pensée universelle s'est transmise, éclairée et augmentée sans cesse de pensées nouvelles issues d'elles-mêmes; ainsi s'est formé, d'idées et de connaissances lentement et successivement agrégées, le domaine intellectuel où chaque homme, chaque génération d'hommes, chaque siècle, sont venus déposer par leur travail le tribut d'une moisson nouvelle. Tel est l'héritage immatériel que nous ont légué nos pères, le patrimoine moral que chaque époque doit conserver et agrandir.

Nous avons tous puisé au fond commun des idées antérieures, nos goûts, nos mœurs, notre éducation; dans nos sentiments, dans nos préjugés même on en retrouve l'influence : notre science et nos œuvres en sont les productions les plus manifestes. Soldat obscur de l'armée intellectuelle, ou roi par la grâce du génie, chaque écrivain leur doit la plus grande part de ce qu'il est.

En donnant donc une forme, une application, une puissance nouvelle à ce qui a été dit ou fait avant eux, l'auteur ou l'inventeur créent une œuvre, nouvelle sans doute dans sa puissance, dans son application, dans sa forme, mais qui, par les principes mêmes de sa génération, appartient encore au fond commun de l'intelligence humaine.

Si intime que soit l'œuvre à son auteur, elle ne peut être tout lui-même; il lui est donc impossible de s'attribuer, et il serait injuste qu'il s'attribuât un droit exclusif de propriété sur une chose dont il ne pourrait se faire une assimilation parfaite, ni une appropriation entière et absolue. L'idée de propriété est au surplus corrélative à celle de division; or, pourrait-on se figurer logiquement la division et le morcellement du domaine intellectuel? Pourrait-on jamais y planter et y faire respecter la borne du propriétaire?

L'écrivain est vraiment créateur par la formule qu'il donne à l'idée, mais le fond en appartient à tous. Cultivateur de ce champ fertile, il y fait croître un fruit nouveau, une fleur nouvelle, à qui désormais s'attachera son nom; mais il n'est pas plus propriétaire du fond que le colon de la glèbe qu'il engraisse et laboure.

On confond trop facilement en effet l'exploitation du champ de l'idée avec sa propriété même ; de celui-là l'humanité entière est le véritable propriétaire ; et si l'on veut persister dans l'assimilation rebattue à satiété de la propriété terrienne à la production intellectuelle, il faut, pour trouver des termes équivalents dans cette métaphore, représenter l'auteur non plus comme un *propriétaire*, mais comme un *colon*, en prenant le mot dans le sens de *producteur*.

Mais finissons-en avec ces assimilations récalcitrantes. On diminue grandement la haute idée que nous aimons à nous faire des devoirs et de la mission de l'écrivain, en comprimant son large front sous le masque étroit du propriétaire foncier. Cessez de poursuivre le génie dans les hautes sphères où l'emporte son vol, pour lui couper les ailes et le ramener malgré lui à la terre. Espérez-vous créer plus d'œuvres immortelles en jetant dans le cœur de l'écrivain les sentiments intéressés et les étroits calculs de la propriété ?

Au fond de leurs retraites solitaires, les grands écrivains, nos pères, obsédés par le démon du génie, regardaient-ils s'amasser un riche patrimoine sous leur plume, durant le travail opiniâtre de leurs veilles ? Le culte de la vérité, le bien de l'humanité, la gloire, telles étaient leurs constantes préoccupations. Aux écrivains de nos jours, on ne peut sans doute demander les mêmes sentiments, parce qu'ils ne prétendent pas atteindre aux mêmes hauteurs, mais du moins, pour le respect des lettres et leur propre dignité, qu'ils ne revendiquent pas une assimilation dont les tristes effets seraient d'abaisser leur noble caractère. La propriété, si légitime d'ailleurs qu'elle soit, est un droit personnel égoïste et jaloux ; souvent il opprime et toujours il prête le flanc aux morsures de l'envie.

Le droit à une légitime rémunération, au prix du travail, est au contraire une dette sacrée de la reconnaissance publique, il est aussi un acte de souveraine justice en ce qu'il se mesure au service rendu. Quel honneur pour l'écrivain de tout attendre de lui, quelle noble confiance dans les forces et dans les bienfaits de son œuvre ! Oui, sans doute, le travail de l'écrivain, cet ouvrier de l'intelligence, est le plus saint et le plus respectable des droits ; mais par-dessus tout il est un devoir : n'oublions donc pas qu'en coopérant au bien de l'humanité, l'écrivain en trouve la récompense dans sa propre conscience, avant même de la demander à la gloire !

IV.

Examen fait du principe général et philosophique de la question, si l'on passe à l'étude de l'application aux droits intellectuels des règles de la propriété, conformément aux dispositions de notre loi civile, on se convaincra aisément qu'elle n'est ni praticable ni possible. Voyons, en effet, si par un point quelconque la production littéraire pourrait trouver place dans nos Codes, au titre de la Propriété, si, en un mot, elle en offre les caractères et les attributs juridiques.

Le droit Romain, que l'on ne saurait avoir mauvaise grâce à citer en matière de propriété, quoique Horace et Virgile n'aient pas songé à réclamer son application à leurs œuvres, le droit Romain définissait la propriété : *Jus utendi, fruendi, abutendi ;* les légistes ne lui ont pas trouvé depuis de meilleure définition, et notre droit civil accepte celle-ci dans toute son étendue. On peut donc en appliquer les termes à la propriété littéraire, et se demander par conséquent si l'auteur a sur ses écrits la triple disposition potestative d'usage, de jouissance, de libre transformation.

L'auteur peut-il d'abord exercer sur son œuvre le *jus utendi,* c'est-à-dire, selon la portée juridique de cette expression, l'employer à un usage indépendant du produit lui-même, comme serait pour le propriétaire d'un champ la promenade, la chasse, etc.; pour le propriétaire d'une maison, l'habitation, ou tels autres services et usages qui, plus que le revenu lui-même, font éprouver au propriétaire le sentiment indéfinissable et la jouissance toute particulière du *chez soi*. Appliquée à la pensée, cette jouissance serait l'appropriation que se fait la mémoire de l'œuvre intellectuelle, le profit intime que l'esprit peut en retirer, utilité, consolation ou joie ; la satisfaction que l'on peut éprouver à l'énoncer, à la répéter, en un mot à la manipuler, s'il est possible de s'exprimer ainsi. Cette jouissance sera plus sensible s'il s'agit d'une œuvre artistique ; dans le tableau, ce sera la contemplation, dans l'œuvre musicale, ce sera l'exécution ou les délicates sensations de l'audition. Or, l'écrivain, l'artiste et le compositeur conservent-ils cette jouissance exclusive de la chose, réservée à tout propriétaire ? Evidemment non.

L'écrivain, l'artiste, le compositeur s'en dessaisissent par la publication de leur œuvre ; c'est le lecteur du livre qui pèsera, examinera, songera désormais la pensée de l'écrivain, en retirera profit ou plaisir ; ce sera l'amateur qui admirera le tableau de l'artiste, le dilettante qui s'enivrera des mélodieuses symphonies du compositeur. Ainsi ce premier attribut de la propriété fait absolument défaut à l'œuvre intellectuelle ; bien plus, elle vit de son absence ; il serait en effet contraire au but même de l'œuvre et au vœu de l'écrivain qu'il en fût autrement. Il peut, en ne publiant pas son œuvre, s'en conserver la jouissance intime et privative ; en l'offrant au public, il lui transfère cette jouissance et s'en dessaisit à jamais.

Au surplus, la propriété foncière a ses fruits et son usage de jouissance entièrement distincts ; ici ces deux droits se confondent. Ce que paie l'acheteur du livre, s'il ne l'achète pas dans un but de négoce, c'est précisément la jouissance même de la pensée de l'auteur. Des pages inertes de ce livre vont soudain s'éveiller à son esprit, tandis qu'il les fouillera du regard, les impressions de la vie intime de l'écrivain, les émotions de son cœur ou les lumières de sa raison, il s'en dégagera pour lui de doux rayonnements de joie ou la pure satisfaction de la rencontre d'une utile vérité.

Le second attribut de la propriété, *jus fruendi*, ou le droit aux bénéfices résultant du produit de la chose, est le seul qui reste entier aux mains de l'auteur. A personne la pensée d'y porter atteinte ! il est le fruit de son intelligence, la récompense de son talent, le salaire de son travail ! Mais ce droit se présente entre les mains de l'écrivain avec deux caractères particuliers : d'abord il ne se réalise qu'au moyen de la publication de l'œuvre et ne commence à exister effectivement qu'au moment même où les deux autres droits disparaissent pour l'auteur.

Ensuite, il n'est pas spécial et exclusif à la propriété ; en effet le travail, la production, ont également droit au salaire, au prix, à la récompense, et, dans la propriété terrienne, le droit des colons sur les fruits co-existe avec le droit du propriétaire sur le produit de son champ.

Mais le troisième attribut de la propriété, celui qui en constitue le caractère essentiel, qui seul permet à l'heureux propriétaire de dire avec orgueil *ma chose*, en un mot le droit de libre disposition, *jus abutendi*, existe-t-il en faveur de l'auteur ? nullement, et par cette négation nous ne prétendons pas méconnaître le droit incontestable de l'écrivain à vendre ou à céder son œuvre.

Mais le droit d'anéantir, de supprimer cette œuvre, de la laisser dans l'abandon et la stérilité, comme le champ en friche, qui voudrait le lui reconnaître ?

Le droit de disposition absolue résultant de la propriété en faveur de son titulaire, n'autorise pas seulement celui-ci à retirer de sa chose ou de son fond, en l'aliénant, un profit définitif, mais l'autorise encore à en mésuser. Sans doute, des lois de police générale apportent à ce droit quelques restrictions ; mais le principe subsiste et le propriétaire du troupeau, par exemple, peut faire abattre son bétail ; celui de la vigne ou de la prairie, dénaturer son sol, le laisser inculte ou en modifier l'emploi ; celui de la maison, la démolir. Or, les droits du domaine public sur l'œuvre intellectuelle sont sacrés, et chacun se plaît à reconnaître la nécessité de les garantir. Mais personne mieux que l'auteur ne comprend l'étendue de ce devoir ; en livrant au public son œuvre, il semble avoir voulu la préserver de toute chance de destruction, soit du fait d'autrui, soit de sa propre volonté, à ce point qu'il ne pourrait lui-même, sans le consentement et le concours de tous ceux qui ont été saisis de sa pensée par le fait de sa publication, en faire disparaître les traces, ou y apporter aucune modification. Avec cette coopération même arriverait-il à la ressaisir? Il faudrait pour cela que l'œuvre intellectuelle n'eût pas étendu ses racines indestructibles dans la mémoire humaine, où la semence la plus profondément enfouie germe et renaît spontanément, où le souvenir se met à l'abri des atteintes de celui-là même qui voudrait le détruire après l'y avoir déposé.

Ainsi, envisagé au triple point de vue de la jouissance, du produit et de la libre disposition de la chose, qui sont ses attributs nécessaires, le droit général de propriété échappe à toute application aux œuvres intellectuelles. Le seul droit qui reste entier entre les mains de l'auteur se confond avec tous les droits des producteurs, s'il n'est en réalité un droit semblable. N'est-ce pas là même une preuve nouvelle et manifeste que l'œuvre intellectuelle est un produit et non une propriété.

Au point de vue pratique, est-il possible encore d'assimiler les productions immatérielles de l'esprit à la propriété immobilière? les soumettra-t-on aux mêmes formalités légales, hypothèque, transcription, etc. Les assimilateurs ingénus, qui n'ont pas craint d'élever cette étrange prétention, ne semblent pas connaître bien nettement les distinctions faites dans nos Codes, entre les droits mobiliers et les droits immobiliers. L'œuvre intellectuelle ne saurait incontestablement être considérée autrement qu'une valeur mobilière, sujette comme elle est à la facilité de transmission et d'appropriation qui appartient à tous les meubles. Or, notre loi civile a édicté cette prescription fondamentale, qui importe souverainement à la prospérité commerciale du pays et à la sécurité des transactions journalières : ***en fait de meubles, possession vaut titre.*** Eh bien ! je le demande, l'acheteur de l'œuvre intellectuelle, le public, ne la possède-il pas absolument et irrévocablement, quand il a dans sa main le livre et dans son esprit la pensée de l'auteur.

En faisant ressortir l'impossibilité où l'on se trouve d'assimiler les œuvres de l'intelligence à la propriété de droit commun, nous n'avons pas la pensée de porter atteinte au principe même de la propriété. C'est là cependant ce que les rédacteurs du ***Comité d'association pour la défense de la propriété littéraire,*** se sont efforcés de faire accroire, pour jeter du discrédit sur leurs antagonistes et rallier, au système d'assimilation qu'ils proposent, les conservateurs eux-mêmes, dont ils avaient à craindre les idées traditionalistes. « ***Ils mettent au défi,*** disent-ils, ***ceux qui contestent la propriété littéraire d'invoquer ensuite, pour les propriétés d'une autre nature, les droits de la personnalité humaine, ceux du travail, de l'épargne, de la liberté !***

Ces auteurs prennent, en vérité, un soin bien inutile, en se faisant les défenseurs d'un droit que nul ne songe à attaquer aujourd'hui ; leur zèle irréfléchi va même si loin, qu'ils semblent ne pas s'être aperçu qu'ils tiennent eux-mêmes le langage que tenaient jadis, aux bons habitants des campagnes, les communistes, de farouche mémoire. Ceux-là revendiquaient aussi les droits du travail, et disaient au peuple : « Le véritable propriétaire n'est pas celui que le hasard de la naissance a mis en possession du champ patrimonial, que n'ont jamais fertilisé ses sueurs ;

le cultivateur qui laboure, sème et fatigue encore ses bras à lever la moisson, tel est le seul et unique propriétaire du sol. » Le colon partiaire disait alors : mon champ, et l'ouvrier s'enrolait sous le drapeau rouge des *partageux.* Mais si par ce langage on a pu prendre les simples, espère-t-on le faire accepter aux écrivains, élite des bons esprits?

Se refusera-t-on d'ailleurs à le reconnaître, par obstination et par aveuglement: ces droits si haut revendiqués au nom de l'écrivain, l'écrivain lui-même les renie et les repousse. Communiste sincère, il foule aux pieds sa propriété prétendue et appelle chacun de nous au partage de son œuvre. Son plus vif désir et son plus grand intérêt sont qu'un nombre plus considérable d'intelligences viennent moissonner dans son propre champ ses idées, fruits mûrs de ses veilles. La société, la justice, la propriété en sont-elles pour cela ébranlées; les intérêts même de l'écrivain en souffrent-ils? bien au contraire. Favoriser et développer cette diffusion de l'œuvre intellectuelle est éminemment plus conforme aux souverains principes de la liberté et aux légitimes espérances du progrès, que la renfermer malgré lui dans la main de l'auteur, devenue impuissante à la répandre.

Rassurez-vous donc, malencontreux champions de la propriété; sa solide constitution n'a pas besoin de vos impuissants efforts pour se défendre. Assise sur une base immuable, cimentée par les siècles, protégée par l'intérêt et le bon sens de l'humanité entière, elle a vu passer indifférente au-dessous d'elle les tempêtes de nos révolutions, sans en avoir été atteinte. Ne croyez pas qu'elle redoute les représailles dont vous la menacez ; le faible souffle de votre colère ne courbera pas même les épis de ses champs !

V.

L'avenir moral de la société et l'éducation des générations nouvelles seraient, on doit le reconnaître, singulièrement compromis sous le régime de la propriété absolue des œuvres littéraires. Le droit le plus incontestable du propriétaire, celui qui le constitue par excellence *maître et seigneur de sa chose*, est, en effet, le droit d'en disposer librement selon sa volonté, ses goûts, ses caprices ou même ses passions. La propriété immobilière, moins maniable et moins transformable, se défend d'elle-même; quelques lois particulières la protégent aussi; mais la propriété mobilière est sujette à mille modifications ou transfigurations : la fantaisie d'un moment, les variations du goût selon les temps, la mode, la détruisent et la font disparaître ; de là cet inconvénient à redouter : si, par voie d'assimilation, on confère à l'auteur les droits du propriétaire, son œuvre étant par sa nature même dans les conditions ordinaires de mutabilité de tout objet mobilier, et rentrant dans les règles du droit commun de la propriété mobilière, elle sera sujette à maintes métamorphoses ; on pourra la dénaturer et l'anéantir, ou, sans aller à ces extrêmes, la laisser inutile et improductive par le non usage, et l'ensevelir dans l'oubli par un coupable abandon.

Ce fâcheux résultat de l'assimilation des choses de l'esprit aux choses matérielles, n'est sans doute pas à craindre de l'auteur lui-même ; l'amour-propre ou l'intérêt, à défaut de l'amour plus élevé du bien de l'humanité, ne manqueront pas de lui inspirer le désir de faire vivre et fructifier son œuvre : encore ne pourrait-on répondre pour lui de l'insuccès ou de la misère qui viendront peut-être le frapper de découragement ou d'impuissance.

Mais les ayants-droit, héritiers ou cessionnaires ne sauraient être animés des mêmes sentiments ; si l'œuvre est peu productive, d'une publication coûteuse, ils n'exposeront pas, sur l'éventualité d'un succès incertain, les frais d'une réédition ; d'ailleurs leur position de fortune, faute d'un éditeur, ne leur permettra peut-être pas d'en faire l'avance.

L'héritier n'estime pas toujours à un haut prix le mérite et la réputation de l'écrivain qu'il représente ; n'a-t-on pas vu les descendants de Descartes garder rancune à leur aïeul d'avoir dérogé à sa noblesse, en maniant la plume au lieu de l'épée ; et les neveux de Bourdaloue, substituer au nom illustre qu'ils portaient, un nom de terre, pour la vanité d'une particule ? Ces petits esprits seront-ils bien soucieux d'étendre une renommée qui leur est indifférente ou même importune ?

De plus graves abus peuvent aussi se produire ; des héritiers indignes vendront aux passions des partis, à l'or-

gueil des grands, à des spéculations intéressées, la destruction de l'œuvre moyennant salaire. Les ayants-droit de Pascal livreront les *Provinciales* aux Jésuites, les héritiers de St-Simon vendront ses Mémoires aux amis du grand Roi. La concurrence même, impitoyable dans ses moyens, ne soudoiera-t-elle pas la mort ou l'abandon d'une œuvre rivale?

Ainsi peuvent s'effacer, au souffle ardent des passions, ou être emportées par les orages des révolutions, les annales intimes de l'histoire, enregistrées dans l'ombre et la retraite par une plume impartiale et vigilante qui n'a pas sacrifié aux influences d'une politique jalouse. Le péril est imminent de voir à jamais tomber dans l'oubli ces mille détails de la vie privée d'un gouvernement, objet de curiosité et d'expérience pour les hommes des âges suivants, consignés en des mémoires d'outre-tombe ou confiés à l'amitié dans des correspondances secrètes, aux heures où la parole et la presse eussent été décrétées de mort. Là se trouvent le plus souvent les documents vrais de l'histoire, et l'on verrait cependant s'en éteindre le souvenir; on verrait s'anéantir pour les générations nouvelles la connaissance exacte de la vie réelle et intime des époques antérieures. On porterait ainsi l'atteinte la plus grave aux jugements de la postérité.

Ce sont là les dangers inévitables de la propriété absolue des héritiers de l'auteur; les uns, parmi les partisans de cette propriété, ont le triste courage d'accepter ces dangers sans réserve; les autres laissent défaillir l'absolutisme de leur doctrine, pour en prévenir les conséquences.

Il faut, disent ces derniers, prendre des mesures dans l'intérêt du public, de la société, de la gloire même de l'auteur; et tout en qualifiant *l'expropriation pour cause d'utilité publique, de loi singulière, qui limite et contredit le droit de propriété ; de loi dangereuse, qui peut aisément devenir oppressive ;* c'est à ce moyen anormal, extrême, extra-légal qu'ils ont recours (1) !

En admettant même l'acceptation théorique de cette loi de rigueur, l'application en serait-elle possible ?

Je ne m'explique guère par quels moyens on arriverait à soumettre la production intellectuelle, immatérielle de son essence, aux conditions d'expropriation de la propriété immobilière. Mais avant de m'y arrêter, je me demande d'abord en vertu de quel principe on y parviendrait.

Quelle place l'expropriation tient-elle dans notre législation, quel y est son rôle bien défini ? Une route, un chemin de fer, dans l'intérêt particulier d'un département, ou dans l'intérêt général du pays, vont passer sur mon champ ; un édifice d'utilité publique, un marché, par exemple, facilitant aux habitants d'une ville l'achat des denrées nécessaires à la vie, va être créé sur l'emplacement de la maison que j'occupe ; je serai le premier à profiter de leurs avantages, j'aurai ma part de leurs résultats utiles ; avant de m'expulser de ma propriété, un jury m'allouera une bonne indemnité, on me la paiera d'avance, et, grâce à ce capital réalisé, je pourrai acheter à mon tour, au bord de la route ou de la place ainsi établies,

(1) Les rédacteurs de la brochure *la Propriété littéraire et artistique*, publication du Comité de l'association pour la défense de la propriété littéraire, après s'être retranchés dans le système le plus absolu, rappellent à tout événement, dans le sens de l'expropriation, ces paroles de l'Empereur Napoléon III : « L'œuvre intellectuelle est une propriété » comme une terre, comme une maison ; elle doit jouir des mêmes » droits et ne pouvoir être aliénée que pour cause d'utilité publique. »

un nouveau champ, une nouvelle maison, que je posséderai désormais en toute sécurité et dont je pourrai jouir et disposer librement, suivant mes goûts ou mes besoins. Le chemin qui coupe ma terre, l'édifice qui a remplacé ma maison auraient pu, selon les vues de l'administration, conformes sans doute à l'intérêt général, abattre la maison ou couvrir le champ de mon voisin, et l'égalité de cette situation me fait accepter de meilleure grâce les désagréments résultant de la dépossession ou de la transformation de ma propriété.

Voilà, dans son application la plus ordinaire, la loi du 3 mars 1841, sur l'expropriation pour cause d'utilité publique; loi d'exception, elle n'atteint le propriétaire foncier que dans des cas tout particuliers et pour l'établissement de grands travaux d'intérêt général, dont il est le plus souvent appelé lui-même à profiter largement. Au surplus, si la loi d'expropriation envahit le fond et le dénature, elle n'a jamais porté atteinte à la libre jouissance et à la libre disposition de la propriété. Puis ses entreprises s'attaquent seulement au sol, assiette naturelle des travaux d'utilité publique ; elle respecte d'une manière absolue la *propriété mobilière*, qui reste ainsi le souverain domaine de l'absolue possession, du caprice et de la fantaisie sans règles ni limites. Eh bien ! malgré l'extrême réserve de notre loi sur l'expropriation, beaucoup de bons esprits la considèrent comme une anomalie législative et réclameraient pour nous le régime de conservation jalouse et personnelle de la propriété, qui protége le citoyen de la libre Amérique.

Ce n'est cependant pas cette loi prudente et sage que l'on se plaît à réclamer dans l'intérêt de la société, à l'encontre des héritiers de l'auteur.

On n'hésite pas à saisir dans l'œuvre intellectuelle la disposition de la *propriété mobilière*, libre jusque-là de toute entrave et dont l'indépendance est une condition essentielle de sa prospérité. N'est-ce pas là le renversement même de nos principes juridiques les plus tutélaires? que parle-t-on d'assimilation à la propriété; l'assimilation véritable se trouve ici, par la force même de la loi, dans la liberté !

L'expropriation foncière elle-même n'est pas décrétée d'avance, et ne menace pas telle catégorie déterminée de citoyens plutôt que telle autre; elle est avant tout une loi de hasard et d'exception; grâce à cela, elle n'est pas redoutable et n'opprime pas la liberté individuelle. Or, à l'exception vous substituez la règle; là est le danger, là l'arbitraire, l'absolutisme. Que dirait-on d'une loi s'exprimant ainsi : « Tout propriétaire qui ne cultivera pas son champ sera exproprié? » Vous pourriez, à bon droit, crier alors au socialisme. Or, vous faites dire par l'Etat à l'auteur : *« Si tu ne publie pas ton œuvre, je t'exproprie. »* Vous posez le principe du communisme : *l'Etat propriétaire,* c'est donc le spectre rouge, évoqué selon vous par nos doctrines, qui conduit le cortége de vos partisans !

Encore si l'on pouvait offrir à ces expropriés la compensation que tout propriétaire foncier évincé peut trouver dans une acquisition analogue : Mais non, cela est impossible, et aucune indemnité ne pourra jamais payer la violence que vous aurez faite aux goûts, aux désirs, à la volonté des héritiers de l'auteur.

On parle d'une *juste* indemnité à payer à ces héritiers, à dire d'experts, mais l'on ne prévoit pas le grave inconvénient qui doit en résulter : Indemnisons largement le propriétaire foncier dépossédé, rien de mieux; il n'a point, par son fait ou sa faute, provoqué l'expropriation; à d'autres la responsabilité ; mais ici l'expropriation aura été nécessitée par le fait, la négligence et la faute des héritiers de l'auteur. Et vous les indemniseriez, vous les récompenseriez peut-être ! N'offrirait-on pas ainsi une prime à l'indifférence, à la négligence, à l'égoïsme? S'engager dans une telle voie, c'est ouvrir la porte à une nouvelle source d'abus, la spéculation à l'indemnité, sur des œuvres utiles, nécessaires même. On ne saurait plus brutalement froisser tous les principes de raison, de justice, d'équité.

Sans s'arrêter plus longtemps à ce qu'il y a de choquant dans ce recours des partisans de la propriété littéraire, au moyen extra-légal de l'expropriation, signalons en deux mots ses conséquences.

Déterminera-t-on d'une manière précise et catégorique les œuvres soumises à l'expropriation ? Toutes les créations intellectuelles qui font la gloire des lettres ne sont pas des œuvres d'utilité publique et pratique : Réservera-t-on aux seuls travaux de science, de philosophie et d'histoire, la protection de la loi ? Mais alors on s'exposera à voir disparaître du domaine de la littérature une foule de compositions charmantes, écloses de l'imagination du poète ou de la fantaisie de l'écrivain, pour devenir le délassement familier de nos esprits et les délices de nos loisirs. Combien notre époque ne doit-elle pas au goût archaïque et au zèle investigateur des éditeurs bibliophiles qui ont exhumé pour elle, des anciens recueils, tout l'esprit du bon vieux temps ? Les Hetzel, les Delahays, les Charpentier, et *tutti quanti*, ont fait revivre, à la plus grande satisfaction des vrais amis des lettres, les uns dans la *Bibliothèque gauloise*, les autres dans des publications du même genre, tous les bons contes et les joyeusetés naïves des auteurs des **15me et 16me siècles**, et mis ainsi à la portée de tous une exubérente floraison littéraire jusque-là réservée aux délicats et aux privilégiés. Ce que ces éditeurs ont fait pour Villon ou Ronsard, demanderait-on à l'Etat de le faire pour les *fleurs du mal* ou les *chansons des rues et des bois* ?

Quel avenir est dès-lors réservé à telles pièces de théâtre, à tels romans en vogue, brillantes et frêles fleurs du goût du jour, que le vent changeant de la mode aura bientôt brisées et flétries ? Ces œuvres fragiles ne seront plus protégées désormais d'un oubli éternel, par la liberté de reproduction, mise au service des réactions ordinaires du goût et d'un retour habituel et inévitable dans la vie des peuples, vers les choses du temps passé. Auteurs nos contemporains, si vous voulez alors faire vivre votre nom au-delà de la tombe, choisissez un héritier fidèle, sinon la postérité ne se souciera guère de vous !

Il y a un inconvénient grave, on le voit, à vouloir appliquer des lois édictées pour le plus grand avantage de nos intérêts matériels aux fugitives conceptions de l'esprit ; les grands mots d'intérêt public, d'utilité sociale, trouveront sans doute leur application fréquente aux œuvres des écrivains, mais le plus souvent elles échapperont à ces hautes spéculations législatives, grâce à leur insouciance de toute prétention humanitaire. Des œuvres de l'antiquité il nous reste bien peu de chose, et parmi elles nous préférons encore une idylle de Théocrite à toute la science de Pythagore. Quel avantage donc esperer d'une loi si relative ?

La loi d'expropriation nous exposera en politique à un péril plus grand encore : on peut craindre avec raison qu'un gouvernement ne se soucie guère de voir revivre telles œuvres philosophiques, historiques ou sociales qui, pour être utiles au progrès de l'esprit humain, n'en ont pas moins été de tout temps assez mal vues des chefs d'Etat. Les exproprier, y songerait-on? Pourrait-on s'attendre à tant d'abnégation dans l'application d'une loi d'autorité? Ainsi c'en est fait de cette catégorie d'ouvrages, leur perte est inévitable. Prenez donc garde : en voulant pousser les verroux sur l'abus, vous ouvrez la porte à l'arbitraire !

Je ne veux pas parler d'un plus coupable excès; on n'exproprie pas toujours une maison pour la réédifier, expropriera-t-on toujours un écrit pour le reproduire? Là le danger est d'abattre pour applanir encore les grands chemins de l'autorité; vous mettez ainsi une arme nouvelle et fatale entre les mains du pouvoir; l'expropriation de l'esprit pour cause d'utilité publique deviendra alors l'expropriation pour l'utilité d'un parti. Préparer pour l'avenir la confiscation de la pensée et de la vérité, nos adversaires devaient en venir là en voulant s'inspirer des principes de la souveraineté absolue.

Vainement on objecte : « La destruction entière d'un livre est impossible, un seul exemplaire suffit à le conserver et il est si aisé de lui donner asile : la justice elle-même n'a jamais pu arriver à supprimer tous les exemplaires d'un ouvrage saisi. » La destruction de l'œuvre intellectuelle sera toujours facile, en attendant l'heure où s'affaiblit son intérêt et ou disparaissent ses premiers défenseurs. N'y a-t-il pas d'ailleurs une grande différence entre la reproduction d'un livre entourée du bruit ordinaire de la réclame éveillant et frappant vivement l'attention publique, et sa conservation craintive et occulte, sans profit pour la généralité des esprits. Une telle proscription n'en est-elle pas moins une injure à la mémoire de l'auteur et une injustice envers la société ?

De tout cela résulte cette double démonstration : premièrement, la propriété littéraire aurait sur la reproduction de l'œuvre une influence désastreuse ; secondement, aucun moyen préventif ne pourrait suffire à en arrêter les irrésistibles abus ; une telle alternative conduit nécessairement et fatalement à la négation du prétendu droit de propriété de l'écrivain sur ses œuvres.

Après avoir ainsi fait table rase du système de la propriété littéraire, j'en arrive à cette conclusion : l'intérêt privé et l'intérêt général exigent également que le domaine public, auquel l'auteur a confié la protection de son œuvre, reste saisi sans entraves de sa libre disposition.

VI.

Analysons maintenant le contrat qui se forme entre l'écrivain et la société au moment de la publication de l'œuvre intellectuelle et suivons le produit littéraire dans son évolution économique :

S'il est incontestable qu'avant toute publication, l'auteur ait un droit exclusif de libre disposition sur ses manuscrits et papiers privés, au point de pouvoir les séquestrer ou de les anéantir, c'est qu'à ce moment il n'a point encore mis ses droits en présence des intérêts de la société. Mais quand l'écrivain a, de sa propre volonté, par la publication de son œuvre, appelé le public à plonger son regard dans l'intimité même de sa pensée ; que non content de la livrer à son examen, il l'invite, et c'est là son vœu le plus cher, à s'en emparer et à se l'assimiler ; alors cette pensée échappe à sa maitrise et ne lui appartient plus. Mêlée au courant incessant d'idées de toute nature dont s'alimente et se vivifie le monde intellectuel, l'œuvre de l'écrivain dispersée, divisée à l'infini et livrée à une infatigable circulation, suit alors la pente commune, et il serait aussi difficile et aussi illusoire de tenter d'en arrêter le cours que de s'efforcer de faire remonter le fleuve à sa source. Nier obstinément, en face des nombreuses métamorphoses et de l'immense dissémination de la pensée de l'auteur, que son droit ne se soit pas dénaturé, et prétendre lui en conserver à jamais la libre disposition, est manifestement déraisonnable. Un droit nouveau est né à l'heure même de la publication de l'œuvre intellectuelle au profit de la société, et il ne serait pas moins injuste d'y porter atteinte que de violer le secret d'un écrit conservé dans l'ombre et le silence par son auteur. Autoriser l'écrivain à détruire son œuvre entre les mains du public, est d'abord matériellement impossible et serait en outre aussi illégal que de reconnaître au donateur le droit de révoquer la donation acceptée, à l'échangiste de retirer l'objet donné en contr'échange, au vendeur de se réemparer de la chose vendue.

Les promoteurs de la propriété de droit commun avouent eux-mêmes que le *fait de la publication apporte dans la situation de l'auteur un élément nouveau qui ne peut être ni méconnu ni négligé.* Pourquoi ne pas reconnaître franchement dans les divers actes par lesquels se manifeste la volonté de l'auteur, depuis l'émission de sa pensée jusqu'à la publication de l'œuvre, des modifications d'intention qui doivent nécessairement déterminer une modification de ses droits ?

Il faut, dans les conventions, discerner sous le voile dont elles sont parfois enveloppées la pensée intime et les intentions réelles des parties contractantes : Or, l'analyse des rapports créés entre l'écrivain et la société, par le fait de la publication de l'œuvre intellectuelle, le démontre : il se forme à ce moment entre eux un contrat synallagmatique en vertu duquel l'écrivain abandonne spontanément et volontairement au public sa pensée tout entière, son œuvre; et en échange de cet abandon, il attend un double avantage : 1° la rémunération morale qu'il trouve dans la gloire et dans la satisfaction de sa conscience s'il a fait le bien ; 2° la rémunération matérielle qui se réalise par la vente du livre, la seule dont on doive s'occuper ici.

Cette rémunération reçue, le contrat est parfait; la société, en payant ainsi le prix matériel de l'œuvre, a rendu à l'écrivain l'équivalent de l'utilité résultant pour elle de sa production, de son travail. L'écrivain n'a rien à demander au-delà.

Ce contrat constitue un véritable échange de services et de produit contre un prix. L'œuvre intellectuelle n'étant pas, en effet, une *propriété*, est nécessairement un *produit;* cette proposition ne comporte pas une plus ample démonstration : Dès-lors ce produit peut, comme tout autre droit mobilier, faire l'objet d'un transfert, d'une vente, d'un échange, et le contrat commutatif intervenu entre l'auteur et la société rentre ainsi dans la catégorie générale des conventions auxquelles doivent s'appliquer les règles communes du droit civil. Le contrat est, il est vrai, tacite, mais l'intention des parties n'en est pas moins manifestement exprimée par un fait matériel, la vente du livre et le paiement du prix. Entre la société et l'auteur s'est créé, par cette double action, un lien de droit irrévocable; ils ne pourraient ni l'un ni l'autre se soustraire à ses obligations sans offenser les principes éternels de la justice.

En vertu de ce contrat d'échange, l'écrivain livre au domaine public l'entière possession de son œuvre. On ne saurait ici introduire une distinction judaïque entre la pensée et le livre. L'œuvre est une et indivisible dans sa conception et dans sa manifestation ; elle n'existe, il est vrai, aux yeux du public, que par son mode de reproduction, c'est ainsi qu'elle tombe sous les sens ; mais son existence intellectuelle, sa valeur morale, la seule qui la rende précieuse, elle la tient exclusivement de la pensée de l'auteur.

Le livre, selon l'expression de Kant, n'est que l'instrument à l'aide duquel l'écrivain se met en rapport avec le public : ce qui fait l'objet de l'échange, ce ne sont donc pas seulement l'encre et le papier, matières inertes dont se soucie peu l'acheteur curieux de l'œuvre, mais son esprit, le fond même de sa pensée, en un mot, le produit intellectuel.

Ainsi, par le fait de la vente, l'acheteur du livre se saisit également de la production immatérielle qui en est l'âme même, et acquiert un droit à la commune jouissance abandonnée au domaine public. Le lien conventionnel entre l'écrivain et la société se forme donc par la mise en œuvre de deux volontés dans un même but, l'une tendant à la livraison d'une production immatérielle, sous la forme matérielle du livre ; l'autre tendant à la prise de possession du livre par l'achat, et à l'appropriation de sa pensée par la lecture.

L'abandon du produit de son intelligence est absolu et complet de la part de l'écrivain ; sans doute il conserve le droit de modifier, de corriger, d'augmenter son œuvre dans ses diverses reproductions ; la société est intéressée à lui en laisser dans ce but la disposition exclusive pendant le cours de son existence, et l'on peut voir dans ce droit une réserve sous-entendue au contrat intervenu entre eux; mais après la mort de l'auteur, ses écrits ne pourront subir aucune modification; ils reparaîtront même, au gré d'un éditeur, tels qu'ils ont été publiés au premier jour; preuve nouvelle de la dépossession de l'idée au profit du domaine public, du jour de la publication de l'œuvre.

En face de cette transmutation si claire et si manifeste des droits de l'écrivain, prétendre que l'œuvre intellectuelle est restée encore sa propriété serait la négation même de l'évidence et le mépris du lien sacré des conventions librement formées !

Ceci dit, et l'intérêt général étant satisfait par la mainmise du domaine public sur l'œuvre intellectuelle, il s'agit de bien fixer les avantages à donner en contre-échange à l'écrivain, en un mot, ses droits à la rémunération de son travail, au prix de sa production.

Or, cette rémunération ayant pour base le service rendu par l'auteur à la société au moyen de la publication de son œuvre, la perception de cette rémunération doit se régler sur la demande de service adressée à l'auteur ou à son intermédiaire, l'éditeur, et se réaliser par la vente du livre.

Toute latitude est laissée à l'auteur et à l'éditeur pour la fixation du prix de chaque exemplaire, pas de difficulté à cet égard.

Mais on prétend soumettre les ayants-droit de l'auteur à la suppression, après un délai déterminé, du bénéfice qu'ils retirent de la mise en vente de son œuvre; là est l'illogisme, l'inconséquence, car la rémunération étant l'équivalent du service demandé, doit se reproduire autant de fois que se renouvelle la demande, c'est-à-dire d'une manière perpétuelle et indéfinie si cette demande est indéfinie et perpétuelle.

Telle est la conséquence nécessaire résultant, on doit le reconnaître, à moins d'injustice et d'infraction gratuite aux règles du droit, du contrat d'échange intervenu entre l'auteur et la société.

La théorie de la production et de l'échange appliquée aux œuvres de l'intelligence, a été accueillie et développée avec éclat par nos meilleurs publicistes; aucun, que je sache, n'en a cependant tiré la conséquence de la perpétuité, considérée au point de vue de la reproduction de la rémunération, concuremment avec le renouvellement de la vente du livre, telle que l'application rigoureuse des principes l'exige. Proudhon lui-même, qui n'était pas homme à reculer devant la brutalité d'une déduction logique, après avoir présenté, dans ses Majorats littéraires, l'auteur comme un échangiste, et démontré cette proposition avec une puissance de dialectique doublée en lui par la rencontre de la vérité, y conclut cependant à la temporanéité de ses droits. L'opinion de Proudhon se fonde sur ce qu'il s'est formé, dit-il, entre l'auteur et la société, un contrat en vertu duquel l'auteur, abandonnant une chose aléatoire, a été rémunéré à forfait par une concession temporaire d'exploitation.

Il faut pour raisonner ainsi supposer d'abord un abandon à forfait; or, rien ne l'indique; il est manifeste au contraire que le livre étant le moyen de communication de sa pensée, employé par l'écrivain vis-à-vis du public, l'avantage résultant pour celui-ci de l'œuvre intellectuelle doit s'accroître et se multiplier au fur et à mesure d'une vente et d'une reproduction plus étendue; alors le prétendu traité à forfait consacrerait une injustice révoltante en mettant sur le pied d'égalité l'œuvre mort-née, invendue et tombée dans un prompt oubli, avec celle reproduite à vingt éditions, dévorée par des milliers de lecteurs, occupant tous les esprits dans les régions les plus élevées du monde intellectuel, et destinée à briller d'un immortel éclat.

Posons donc ce principe : en vertu des lois de la justice commutative, la durée de la rémunération doit se baser sur la durée et la vitalité de l'œuvre, comme son importance et son étendue se mesurent sur l'importance et l'étendue du succès qu'elle obtient.

Pourquoi vouloir ici imposer des règles, quand elles sont nettement et inévitablement tracées par la nature même des choses? La limitation de sa durée, sa longévité en un mot, l'œuvre intellectuelle, semblable en cela à la constitution physique de l'homme, la porte en elle-même ; leurs forces sont la mesure de leur existence.

Il y a injustice évidente à dire : l'héritier de l'auteur jouira vingt ans, trente ans, cinquante ans, du produit de l'œuvre intellectuelle, puisque l'une pourrait être oubliée en peu d'années, tandis que l'autre prendrait à peine faveur auprès du public à la veille même de l'expiration du délai. Telle œuvre littéraire négligée ou méconnue de son temps a été, cinquante ans ou un siècle même plus tard, l'objet d'un engouement général ; celle-ci épuise sa vogue éphémère avant l'expiration du délai légal ; celle-là, inspirée des vues puissantes du génie, a par sa seule force devancé son époque, et réserve pour les générations futures ses utiles effets ; puis au moment où les héritiers d'un auteur, que son désintéressement a voués à la misère, vont recueillir les fruits de ses travaux dans leur tardive mais féconde maturité, l'échéance fatale arrive et l'Etat les dépossède.

N'est-ce pas là la méconnaissance absolue du droit, la consécration légale de l'ingratitude publique ?

De telles conséquences sont également contraires à la nature des droits intellectuels, à la raison et à l'équité ; il faut donc, à moins de vouloir introduire une anomalie flagrante dans le système économique basé sur le contrat d'échange, reconnaître que son application à la production intellectuelle, implique nécessairement la perpétuité de ses droits.

Ou bien en effet la société doit à l'auteur une rémunération fixe une fois payée, d'où résultera sa dépossession immédiate, ou bien chaque fois que le public demandera à la production intellectuelle le service qu'il prétend en retirer, la rétribution sera due. Admet-on ce principe d'économie politique généralement accepté : la demande fait la valeur, rien ne motive une exception à l'égard du livre. Pourquoi alors un délai, quand on peut dire de lui : la demande fait le délai de jouissance ? l'œuvre morte ne sera pas demandée ; l'œuvre demandée rend service et doit par conséquent être rémunérée ; le contrat tacite d'échange intervenu entre l'auteur et le public l'exige. Sous le silence des parties contractantes, la raison des choses et le langage des faits font facilement démêler la portée naturelle, logique, indiscutable de leurs intentions : elle est celle de tous les contrats de même nature, le don d'une part attend toujours de l'autre son équivalent. Ici la publication de l'œuvre engage une série d'échanges successifs, comprenant d'un côté une prestation de services sous la forme d'un objet matériel, le livre ; de l'autre, le paiement du prix en contre échange. Le prix doit donc être chaque

fois payé en retour de l'appréhension du produit et de la réception du service. Il faut en conclure que la rémunération de l'écrivain doit être aussi durable que la jouissance du public, c'est-à-dire indéfinie et perpétuelle si l'œuvre a une immortelle existence.

Toute délimitation approximative de jouissance serait illusoire pour l'œuvre frappée d'impuissance, gravement préjudiciable pour l'œuvre féconde et recherchée. Le seul délai possible, rationnel, acceptable résulte de la cessation de la demande; cette limite-là sera un avertissement infaillible; elle démontrera l'inutilité même de l'œuvre : le profit cessant pour le public, la rémunération de l'écrivain cessera, c'est de toute justice.

L'embarras est grand d'ailleurs pour la temporanéité, elle n'a pu trouver jusqu'ici la base définitive de la délimitation, et tous ses efforts pour la déterminer ont démontré à cet égard son impuissance, en n'aboutissant qu'à l'insuccès et à l'indécision.

On se perdra toujours dans une confusion semblable, quand on voudra porter atteinte à la liberté, qui, dans les transactions privées nées de la volonté individuelle, comme dans les intérêts de la chose publique, est le principe nécessaire de tout ce qui est grand, fort et durable. Les lois sont ce que les font les principes dont elles s'inspirent; comme le torrent formé par les orages de la montagne cesse de couler au premier soleil de juin, tandis que le ruisseau jaillissant d'une source vive et abondante, répand toute l'année sur ses rives la richesse et la fécondité, elles sont ainsi frappées de stérilité si elles ont été formées sous l'influence des nécessités, des intérêts et des calculs d'un moment; elles sont au contraire fécondes, utiles et immortelles quand c'est aux sources même du vrai et du bien qu'elles ont puisé leurs inspirations.

VII.

Les droits de la société établis et ainsi consacrés, il sera facile d'organiser au profit de l'auteur et de ses héritiers ou ayants-cause un mode de rémunération conforme à leurs intérêts. Je ne prétends pas faire ici la besogne du législateur, le moment serait d'ailleurs mal choisi, le nouveau projet de loi rejetant bien loin dans le domaine de l'hypothèse la réglementation de droits que je signale en ce moment.

Mais il est bon cependant de le déclarer, le régime du domaine public, en restituant à la société ses prérogatives, ne porterait en rien atteinte aux intérêts de l'auteur ni de ses héritiers ; deux causes retarderaient d'abord sa prise de possession absolue ; la société elle-même est intéressée à réserver à l'auteur, sa vie durant, la libre disposition de son œuvre ; il est plus désireux en effet que tout autre de donner à ses écrits la notoriété nécessaire, et lui seul, avant qu'il ait conquis sa place au grand jour de la célébrité, sera disposé à le faire ; l'écrivain doit aussi pouvoir, sans entraves, manier son œuvre pour la corriger, l'accroître, l'améliorer. En second lieu, il est de toute justice d'accorder après la mort de l'auteur, à ses héritiers ou cessionnaires, un temps moral suffisant pour écouler des éditions publiées sans avoir pu compter avec les incertitudes et la fragilité de l'existence humaine. Ce délai sera d'ailleurs restreint à la plus étroite mesure où puissent se concilier et transiger dans leurs exigences contraires l'intérêt personnel de l'éditeur et l'intérêt général de la société.

Puis le règne de l'abandon absolu de l'œuvre au domaine public commence, et les droits des héritiers de l'auteur se liquident par le service d'une redevance proportionnelle sur le prix de chaque vente successive du livre.

Ce dernier mode de rémunération de l'auteur a été depuis longtemps déjà proposé; il y a cinq ans, Victor Hugo écrivait : « Le domaine public payant, et payant un droit » très-faible, est l'unique solution. L'idée est non-seulement vraie, elle est éminemment pratique, la perception » de tant 0/0 serait la chose la plus facile du monde ; » l'association des auteurs dramatiques, qui fonctionne » depuis Beaumarchais, résout tous les jours, pour toute » la France et la Belgique, des problèmes de perception » bien autrement compliqués. »

Oui, l'idée est pratique et praticable ; la commission de législation, formée en 1862 sous la direction de M. Walewski, l'a pensé ainsi, elle l'a examinée, acceptée et insérée dans son projet (1). L'expérience enfin l'eût consacrée,

(1) Art. 5. — La redevance établie par l'art. 4 est fixée à 5 0/0 du prix fort de tous les exemplaires ou objets compris dans chaque édition,

si le conseil d'Etat n'eût rejeté *de plano* le projet dans son ensemble sur la question préjudicielle de propriété, mêlée sans raison au débat.

Le droit réglé dans son application, ouvrons ici le chapitre des avantages à naître d'une telle situation :

La libre concurrence se donne désormais carrière pour la publication de toutes les œuvres de l'esprit. C'est là une source de profits pour l'auteur et l'éditeur, un bienfait pour tous. Quelle œuvre resterait alors improductive si elle répond à un besoin moral ou à un intérêt social de l'humanité? qu'elle flatte seulement les goûts, la fantaisie, la curiosité d'un moment, et vingt éditeurs s'en disputeront l'entreprise. L'héritier pauvre ou négligent, timide ou découragé, qui n'ose exposer le mince patrimoine de sa famille ou résiste à faire des avances considérables sur la publication dispendieuse de l'œuvre qu'il a recueillie, n'en verra pas moins affluer dans sa main, grâce à la spéculation d'un éditeur intelligent, l'argent provenant de la vente d'une œuvre restée sans cela improductive.

Les éditeurs eux-mêmes, je parle du plus grand nombre, ne seront plus en butte au monopole et à la rivalité ruineuse d'une concurrence riche et puissante qui s'est assuré la clientèle des auteurs en renom. Les œuvres de mode ou d'ac-

publication ou reproduction d'une œuvre littéraire ou artistique; elle est fixée sur les recettes provenant de la représentation d'œuvres dramatiques ou de l'exécution d'œuvres musicales, à la moitié des droits attribués aux auteurs vivants, sauf le droit pour les parties de modifier les bases par leurs conventions.

Les articles 6 et 21 obligent chaque éditeur qui veut procéder à une édition nouvelle, à faire au ministère de l'intérieur une déclaration préalable contenant la désignation exacte de l'ouvrage et des noms de l'auteur, et l'indication du nombre et du prix des exemplaires tirés. Cette déclaration de l'éditeur doit servir de base à la répétition de la redevance due aux héritiers de l'auteur.

tualité trouveront-elles seules des éditeurs? cela n'est pas à craindre; le choix est ouvert dans ce nombre immense de publications livrées tous les jours en pâture à l'avidité des lecteurs. Chaque éditeur peut déterminer sa spécialité et produire dans des genres différents, à si bas prix et si bien, qu'il n'ait plus à redouter de téméraires empiétations. L'intérêt de la contrefaçon disparaît aussi sous l'influence de la liberté d'exploitation de toutes les œuvres intellectuelles; ce délit tendra à diminuer et s'effacera peut-être un jour de nos codes. Ainsi le commerce de la librairie, sans rien perdre de ses avantages passés, multipliera encore ses opérations et grandira en moralité et en considération.

Le public à son tour y gagne de deux manières : d'une part, aucune œuvre utile à l'humanité ne peut désormais déchoir; tant qu'elle trouve un écho dans un noble cœur, elle voit se lever un exploitant qui la soutient et la propage. L'idée, comme l'hydre aux cent têtes, ne pourra jamais être décapitée ou tronquée, qu'elle ne relève aussitôt contre ses agresseurs un front menaçant. D'un autre côté, ce principe économique dont l'expérience a fait un axiôme, *le bon marché naît de la concurrence*, doit produire inévitablement ses heureux résultats. La facilité d'acheter de bons livres à bon marché viendra à son tour en aide à la diffusion des lumières dans les classes pauvres, et amènera par suite le progrès moral et la connaissance plus grande de principes sociaux fondés sur l'ordre et la liberté, qui doivent assurer la stabilité des gouvernements et la tranquillité de l'Etat.

Ces espérances ne sont pas une vaine chimère, chaque livre utile répondant à un besoin général, a ses lecteurs, partant ses acheteurs; derrière eux l'éditeur ne saurait jamais manquer de se présenter. On ne verrait donc plus dormir, ignorés ou oisifs, dans les bibliothèques du riche, maints livres utiles auxquels il n'a manqué jusqu'ici pour être populaires qu'un éditeur à bon marché.

A ces avantages incontestables on objecte : « Les éditions de luxe, cotées à de hauts prix, achetées principalement par d'opulents amateurs, et éditées par souscription, subvention et protection, tendront à disparaître, leur publication étant devenue impossible en face de la concurrence : ainsi l'art du typographe tombera en décadence (1). » C'est là une étroite considération, quand il s'agit d'un intérêt général et humanitaire ; encore est-il facile de l'établir, ces appréhensions sont complètement dénuées de fondement. L'histoire de la librairie et l'exemple de chaque jour sont là pour y répondre : les admirables éditions des Elzévir n'ont-elles pas été composées sur des œuvres abandonnées depuis longtemps à l'exploitation publique ? N'est-ce pas sur des ouvrages tombés aussi depuis des siècles dans le domaine commun que se créent, aujourd'hui encore, des éditions éblouissantes de luxe typographique, joint au plus vrai mérite artistique ? Le Dante, le Don Quichotte, la Bible, si merveilleusement illustrés par le magique crayon de Gustave Doré, ne sont-ils pas là pour l'attester ! Bien plus, les éditions de luxe ne se font et ne peuvent se faire, avec des chances sérieuses de succès, que sur des ouvrages très-répandus et se trouvant déjà entre toutes les mains, car leur valeur naît surtout de la comparaison ; et bien rarement vous verrez revêtir d'un brillant uniforme typographique l'œuvre nouvellement lancée dans le monde littéraire, sur les incertitudes du succès. La libre concurrence ouverte, l'éditeur

(1) MM. Jules Simon, Ed. Laboulaye, etc.

devra réunir la double recommandation d'une belle édition et du bon marché pour assurer à ses livres la préférence du public; l'art du typographe, s'exerçant aussi sur un nombre plus étendu d'ouvrages, au lieu d'être restreint dans un cercle limité d'écrits cent fois déjà réédités, l'artiste variera davantage ses compositions et sentira ainsi s'accroître ses forces par l'agrandissement même de la sphère de ses inspirations.

A l'égard des grands travaux d'érudition, menacés, nous dit-on, d'une disparition imminente, les craintes ne sont pas moins chimériques; ce n'est pas en effet en vue de bénéfices toujours incertains et problématiques que les adeptes de la science entreprennent ces publications; ils trouvent ailleurs leur rémunération dans les honneurs qui s'y rattachent et les récompenses qui y sont affectées; les associations savantes ou l'Etat les subventionnent le plus souvent. Mais la liberté de reproduction aura pour eux un avantage particulier : chaque société savante, chaque agrégation d'hommes, voués à l'étude de connaissances spéciales, pourra sans entraves provoquer et faire opérer la réimpression d'ouvrages qui pour être éminemment utiles n'en sont pas moins étrangers à la généralité des esprits et plus exposés, par conséquent, à l'indifférence et à l'abandon.

Repoussons une dernière objection, aussi injuste qu'irrationnelle ; il n'est pas de meilleur gardien, dit-on, et de plus vigilant protecteur de l'œuvre intellectuelle que l'héritier de l'auteur, et par ses intérêts mêmes, et par le culte d'une mémoire sacrée. Le domaine public, au contraire, c'est l'indifférence publique; il laissera tomber l'œuvre intellectuelle dans la poussière d'un injurieux oubli ! L'objection porte à faux, car l'héritier, étant partie du domaine public, jouit de la liberté de publication offerte à tous et peut, s'il lui plaît, en rééditant l'œuvre qui lui est précieuse, élever, comme par le passé, un autel au souvenir et à la gloire de son auteur. Mais l'expérience des choses humaines nous montre, le plus souvent, hélas ! l'héritier insoucieux de l'illustration des écrivains ses ancêtres, négliger leurs œuvres et les laisser ignorées et improductives. L'imprévoyance de l'auteur, dont on a tant médit, on la retrouve tout entière dans son héritier, et celui-ci y joint de plus les calculs de l'intérêt, des passions, des préjugés. C'est à la famille des nobles intelligences qu'il appartient de protéger ses enfants, et ne craignez pas qu'elle faillisse jamais à ce devoir; il se trouvera toujours un homme dévoué aux lettres et au bien public pour arracher un livre utile à l'oubli; laissez-lui en seulement la liberté. Puis, dans notre société moderne, où les préoccupations de l'esprit sont à l'argent, où la spéculation ne recule, pour le saisir, devant aucune entreprise, il est encore un protecteur bien vigilant et bien puissant de l'œuvre intellectuelle, l'intérêt. Tout bon livre a ses éditeurs et ses entrepreneurs de publicité, parce que la vente en est assurée; quant aux mauvais, est-ce pour eux que sont vos regrets? Il s'agit d'ailleurs ici d'œuvres anciennes déjà, dont l'auteur est décédé, plus vivaces par conséquent, ayant déjà subi la redoutable épreuve du temps, moins sujettes dès-lors aux incertitudes du succès. L'État pourra au surplus, dans l'intérêt de l'instruction publique, des progrès de la science, du développement des arts professionnels, tendre la main à toute œuvre que ferait délaisser par la foule son application trop spéciale à une classe de citoyens, d'artistes, de penseurs. Des fonds spéciaux pourraient même être affectés à ces subventions, et quel esprit âpre à l'économie se plaindrait d'une dépense dont le budget de l'intelligence humaine serait enrichi ?

Ceci dit, on ne pourrait nier les nombreux avantages de la libre possession du domaine public sur la production intellectuelle, par suite de l'abandon volontaire de son auteur. La force des principes, la nature même du contrat intervenu, le respect des conventions en réclament l'application ; les intérêts des écrivains et les intérêts de la société y sont également engagés. Critiquez cette doctrine, mais examinez-là, vous pourrez vous convaincre ainsi que l'avenir lui appartient !

CONCLUSION.

Le projet de 1862, tout en méconnaissant l'origine de la production intellectuelle, n'en avait pas moins fait un pas de géant dans la voie du progrès, par la consécration de deux grands principes : la perpétuité de jouissance et la rétribution successive et proportionnelle. Aujourd'hui nous rétrogradons ; la loi nouvelle est un mécompte pour tous les amis sincères des droits intellectuels ; on l'envisage avec un sentiment pénible, comme un doute, comme une hésitation devant un principe. Pourrait-on constater, en effet, sans dépit et sans amertume, l'impuissance de tant d'efforts et l'inanité de si nombreuses entreprises, tentées dans le but d'assurer aux droits des écrivains une réglementation définitive et incommutable, quand on les voit aboutir, en fin de compte, à l'arbitraire et à l'instabilité. En se présentant en antagonisme, avec les déclarations de principes des partisans de la propriété littéraire, le vote du Corps législatif est la preuve manifeste de la manière grave dont les imprudents partisans de ce système ont compromis la juste cause de la perpétuité. La répugnance de nos assemblées législatives à accueillir les théories qu'ils prônent, étant évidente pour tous les esprits clairvoyants, leur persistance inopportune à les faire accepter est devenue, on ne peut le nier, dangereuse et fatale pour des intérêts sacrés.

Certes, il faut porter bien enracinée au fond du cœur la confiance dans l'avenir, pour que tant de désillusions, d'échecs et de défaites n'inspirent pas de découragement; mais, j'en ai l'intime conviction, la nouvelle loi ne sera qu'une étape dans la marche infatigable du temps vers le progrès; un nouveau réveil de l'opinion ne tardera pas à réclamer l'émancipation complète des droits intellectuels; la charte des lettres et des arts est encore à faire, elle se fera alors. La discussion récemment engagée aura eu du moins pour résultat heureux de réserver à une consécration définitive des vrais principes impatiemment attendue, la maturité de quelques saisons de plus, et de modérer un peu les témérités juvéniles des adhérents du système de propriété absolue.

Quant à moi, la seule utilité que j'espère de ces pages, avant l'heure de la lutte, c'est de rappeler, à quelques-uns, les souvenirs de la grande polémique qui, il y a trois ans, agita vivement l'opinion publique, et dont l'étincelle couve encore sous la cendre.

A tout événement donc, je formule à mon tour ma déclaration de principes :

⁂ L'œuvre intellectuelle n'est pas une *propriété*, mais un *produit*.

⁂ La publication des œuvres intellectuelles fait naître, entre la société et l'auteur, un contrat tacite d'échange, dans lequel la production intellectuelle est livrée, sous la forme matérielle et tangible du livre, au public, qui en paye le prix comme équivalent.

⁂ L'auteur abandonne par là au public le droit de libre reproduction de son œuvre, sous la seule réserve d'une jouissance personnelle jusqu'au jour de son décès.

⁂ Les droits des héritiers sont perpétuels, en ce sens que la rémunération devant se reproduire dans la même mesure que le service rendu, la durée de leurs droits est subordonnée à la vitalité de l'œuvre. Ces droits se régleront au moyen d'une retenue proportionnelle, sur chaque vente nouvelle du livre.

En face des inspirations de la loi nouvelle, je livre ces propositions aux méditations des légistes; quoiqu'on en pense, je ne regretterai pas d'avoir dit mon opinion tout entière; c'est par cette recherche sincère des principes que l'on rendra enfin aux droits intellectuels une tardive mais complète justice: Au surplus je les crois éminemment vraies et j'ai foi dans leur triomphe comme dans celui de toute vérité.

Riom, Imp. G. Leboyer.

www.ingramcontent.com/pod-product-compliance
Ingram Content Group UK Ltd.
Pitfield, Milton Keynes, MK11 3LW, UK
UKHW021006180726
13838UKWH00003B/1470